Wet and Dry Places

by Emily C. Dawson

amicus readers

Say hello to amicus readers.

You'll find our helpful dog, Amicus, chasing a ball—to let you know the reading level of a book.

A

 1

 2

Learn to Read
Frequent repetition of sentence structures, high frequency words, and familiar topics provide ample support for brand new readers. Approximately 100 words.

Read Independently
Repetition is mixed with varied sentence structures and 6 to 8 content words per book are introduced with photo label and picture glossary supports. Approximately 150 words.

Read to Know More
These books feature a higher text load with additional nonfiction features such as more photos, time lines, and text divided into sections. Approximately 250 words.

Amicus Readers are published by Amicus
P.O. Box 1329, Mankato, Minnesota 56002

U.S. publication copyright © 2012 Amicus.
International copyright reserved in all countries.
No part of this book may be reproduced in any
form without written permission from the publisher.

Printed in the United States of America at Corporate
Graphics, in North Mankato, Minnesota.

Series Editor   Rebecca Glaser
Series Designer   Christine Vanderbeek
Photo Researcher   Heather Dreisbach

Library of Congress Cataloging-in-Publication Data
Dawson, Emily C.
Wet and dry places / by Emily C. Dawson.
p. cm. — (Amicus Readers. Let's compare)
Includes index.
Summary: "Compares and contrasts wet and dry
places around the world, such as rain forests and deserts.
Includes comprehension activity"—Provided by publisher.
ISBN 978-1-60753-004-6 (library binding)
1. Deserts—Juvenile literature. 2. Rain forests–Juvenile
literature. 3. Deserts. 4. Rain forests. I. Title.
QH88.R87 2012
577—dc22
                                          2010041755

Photo Credits
Getty Images/Wilfried Krecichwost, Cover top, 8, 21m, 22ml; MICHAEL FAY/National Geographic Stock, Cover bottom,
12; Morley Read/iStockphoto, 4, 21t, 22mr; Digital Vision, 6; STEVE RAYMER/National Geographic Stock, 10; Holger
Mette/iStockphoto, 14, 21b, 22bl; DINODIA PICTURE AGENCY /Getty Images/© Oxford Scientific , 16t, 20b; Danita
Delimont/Getty Images, 16b, 22br; TED MEAD/photolibrary, 18t, 20m, 22tl; KEN STEPNELL/photolibrary, 18b; Pgiam/
iStockphoto, 20t, 22tr

1025   3-2011
10 9 8 7 6 5 4 3 2 1

Let's Compare!

Table of Contents

Let's Compare!

4

Let's compare wet and dry places. The Amazon rain forest is a wet place. Rainwater forms waterfalls there.

6

Deserts are dry.

It hardly ever rains.

8

Sounds are wet.
A sound is a place
where the ocean goes
between mountains.

10

Some mountains get a lot of rain. One mountain in Hawaii gets rain for 300 days of the year.

Let's Compare!

12

Deserts can be windy.
The wind makes big hills
called sand dunes.

14

Tundra is dry.
It gets only a little more
rain than a desert.

Let's Compare!

Some places are both wet and dry. Heavy rains called monsoons fall in India. But other times it is dry.

Let's Compare!

Some places flood in the summer. But then winter is dry. Do you live in a wet or dry place?

Picture Glossary

Let's Compare!

desert →
a dry area of land
where few plants grow;
little rain falls in deserts.

← flood
an overflowing of
water from a river

monsoon →
a strong wind that
brings very heavy rain

← rain forest
a tropical forest where a lot of rain falls

sound →
a long, narrow area of water between the mainland and an island

← tundra
a cold area where there are no trees

Wet and Dry Places

Look at the photos.
1. Which places are wet?
2. Which places are dry?
3. Which places can be both?

Ideas for Parents and Teachers

Let's Compare, an Amicus Readers Level A series, lets children compare opposites. Repetitive sentence structures and high frequency words provide appropriate support for new readers. In each book, the picture glossary defines new vocabulary and the "Let's Compare" activity page reinforces compare and contrast techniques.

Before Reading
- Ask the child about the difference between wet and dry places. Ask: Where is a wet place? Where is a dry place?
- Discuss the cover photos. What do these photos tell them?
- Look at the picture glossary together. Read and discuss the words.

Read the Book
- "Walk" through the book and look at the photos. Ask questions or let the child ask questions about the photos.
- Read the book to the child or have him or her read independently.
- Show the child how to refer back to the picture glossary and read the definitions to understand the full meaning.

After Reading
- Have the child identify the wet places and the dry places in the photographs.
- Prompt the child to think more, asking questions such as What do we wear when it rains? What do we wear when it is dry?

Index

Web Sites

Biome/Habitat Animal Printouts
www.enchantedlearning.com/biomes

Biomes-Geography for Kids
www.kidsgeo.com/geography-for-kids/0165-biomes.php

Rain & Floods
www.weatherwizkids.com/weather-rain.htm

What's It Like Where You Live?
www.mbgnet.net/sets/

wise guys

Mohamed Esa

Die Lieder der Band im Unterricht
Deutsch als Fremdsprache

wise guys – Die Lieder der Band im Unterricht
Deutsch als Fremdsprache
Mohamed Esa

Redaktion Katrin Kaup
Redaktionelle Mitarbeit Britta Niggebaum
Korrektorat Joachim Becker
Bildredaktion Nicola Späth

Gesamtgestaltung und technische Umsetzung zweiband.media, Berlin
Umschlaggestaltung Jule Kienecker
Titelfoto wise guys, Guido Kollmeier

www.cornelsen.de

1.Auflage, 1. Druck 2013

Alle Drucke dieser Auflage sind inhaltlich unverändert und können im Unterricht nebeneinander verwendet werden.

Druck H.Heenemann, Berlin

ISBN 978-3-06-120558-4

 Inhalt gedruckt auf säurefreiem Papier aus nachhaltiger Forstwirtschaft.

Vorwort

Liebe Deutschlehrende,

Musik spielt eine elementare Rolle in unserem
Leben. Sie ist ein wesentlicher Bestandteil der
menschlichen Kultur und eine sehr wichtige
Form der Kommunikation. Musik versetzt uns
in unterschiedliche Stimmungen, sie regt Emp-
findungen und Vorstellungen an und setzt kre-
atives Potenzial frei.

Die Arbeit mit authentischen Liedern eignet
sich in besonderem Maße für den Fremdspra-
chenunterricht. Lieder bieten zahlreiche Ge-
sprächs- und Diskussionsanlässe zu den angesprochenen Themen und
zu ihrer musikalischen Umsetzung. Neben dem kommunikativen
Aspekt können das Hör- und Leseverstehen sowie Wortschatz und
Grammatik geübt und Lieder als Schreibanlässe genutzt werden – in
der Einzel-, der Partner- und der Gruppenarbeit. Lieder arbeiten mit
gestalterischen Mitteln, die das Gedächtnis unterstützen: Refrain, Me-
lodie, Rhythmus und Wiederholungen. Daher ist beispielsweise das
(Mit-)Singen von Liedern auch beim Training der Aussprache hilfreich.

**wise guys – Die Lieder der Band im Unterricht Deutsch als Fremd-
sprache** enthält zehn von Mohamed Esa didaktisch aufbereitete Lieder.
Die WISE GUYS singen a capella, d. h. ohne instrumentale Begleitung den
von ihnen so genannten „Vocal-Pop". Obwohl es nicht die Absicht der
Gruppe ist, Lieder für den Deutschunterricht zu produzieren, haben
ihre witzigen und intelligenten Texte, ihre klare Aussprache beim Singen und die Musik selbst den Unterricht Deutsch als Fremdsprache in
den letzten Jahren bereichert.

Mohamed Esa studierte Deutsch als Fremdsprache und Politikwissen-
schaften an der Universität Heidelberg, wo er 1990 in Germanistik pro-
movierte. Seit 1994 ist er Professor für deutsche Sprache, Literatur und

Kultur an der Universität Maryland, USA. Für seine Lehre und sein Engagement bekam er zahlreiche Preise verliehen, u. a. den *Federal Republic of Germany Friendship Award* (1999), *The Certificate of Merit* des Goethe Instituts (2000) und das *Bundesverdienstkreuz am Bande* (2009).

Der Autor und der Verlag wünschen Ihnen viel Vergnügen beim Hören und viel Erfolg beim Lernen mit **wise guys – Die Lieder der Band im Unterricht Deutsch als Fremdsprache!**

Inhalt

wise guys

Hinweise zur Arbeit mit Buch und CD

Das vorliegende Buch enthält zahlreiche Informationen zur Band, zu den Bandmitgliedern und ihren Erfolgen sowie einen Auszug aus ihrer Diskografie. Diese Hinweise können im Unterricht eingesetzt werden oder Ihren Lernenden als Grundlage für weitere Rechercheaufgaben dienen. Die Homepage der WISE GUYS (www.wiseguys.de) bietet darüber hinaus viele Informationen, Fotos, Neuigkeiten sowie die Videoclips zu den Liedern. Auf den bekannten Videoportalen im Internet finden Sie zahlreiche Clips von Konzertaufnahmen und TV-Auftritten.

Die beiliegende CD enthält zehn ausgewählte Lieder der WISE GUYS mit zahlreichen Arbeitsblättern und Lehrermaterialien (LM). Die Lieder können als Audio-Dateien mit einem CD-Player oder als mp3-Dateien abgespielt werden. Die Arbeitsblätter dienen als Kopiervorlagen für den Einsatz im Unterricht, die Lehrermaterialien enthalten Hinweise für die Unterrichtsvorbereitung, Lösungsvorschläge und Wortschatzerklärungen sowie landeskundliche Zusatzinformationen.

Alle Lieder lassen sich ab der Niveaustufe B1 im Unterricht verwenden, einige wenige Lieder (z. B. *Jetzt ist Sommer, Du bist dran*) sind auch schon für die Niveaustufe A2 geeignet. Die Lieder können in beliebiger Reihenfolge eingesetzt werden. Auf eine Angabe zur Anzahl der Unterrichtsstunden wurde bewusst verzichtet, da auf ganz unterschiedliche Art und Weise mit den Liedern gearbeitet werden kann. Manche der Lieder können Sie im Zusammenhang mit der Wiederholung von Grammatik einsetzen (z. B: *Relativ* und *Am Anfang* zur Wiederholung von Konjunktiv bzw. Genitiv), zu einigen Liedern bieten sich ganze Projekttage an (z. B. *Köln ist einfach korrekt*). Die Aufgaben und Arbeitsanweisungen verstehen sich daher als Vorschläge, Sie können ihren Einsatz und die Abfolge der Arbeitsschritte bei manchen Liedern auch variieren, um sie an den Kurs anzupassen.

Bei allen Beschreibungen wurde aus Gründen der besseren Lesbarkeit das generische Maskulinum verwendet. Dieses schließt selbstverständlich Lehrerinnen und Lernerinnen mit ein.

6

wise guys – Geschichte der Band

Deutschlands Vokal-Pop-Band Nummer 1 und Echo-Preisträger 2013

Ihre Musik bezeichnen die Kölner selbst als „Vokal-Pop", als „selbstgemachte Popmusik ohne Instrumente". Die Inhalte ihrer deutschen Texte sind bisweilen komisch, hintergründig-heiter oder auch melancholisch. Gerade auch die ernsthaftere Seite, die bei anderen A-cappella-Gruppen eher eine untergeordnete oder gar keine Rolle spielt, ist den WISE GUYS besonders für die Lieder auf ihren Alben wichtig. Mit ihrer Musik sind die WISE GUYS Deutschlands erfolgreichstes Vokal-Ensemble und zählen damit auch zu den erfolgreichsten Live-Acts im deutschsprachigen Raum. Die Songs sind ebenso unverwechselbar wie der WISE-GUYS-Sound, der aus fünf Stimmen besteht, aber wie der einer voll ausproduzierten Pop-Band klingt. Mit ihren letzten vier Studio-CDs „Zwei Welten" (2012), „Klassenfahrt" (2010), „Frei!" (2008) und „Radio" (2006) stürmten sie jeweils aus dem Stand die Top 3 (!) der Charts und hielten sich monatelang in der Bestsellerliste. Insgesamt fünf Top-Ten-Alben kann die Band vorweisen und für inzwischen fünf CDs wurden den WISE GUYS Goldene Schallplatten für jeweils über 100 000 verkaufte Exemplare verliehen. Das jüngste Album „Zwei Welten" erlangte den Goldstatus dabei bereits ein knappes halbes Jahr nach seinem Erscheinen und wurde im März 2013 mit dem Musikpreis „Echo" ausgezeichnet.

Fast jeder hat von der Kölner A-cappella-Formation schon einmal gehört. Aber so richtig wahrgenommen wurde sie von vielen Medien noch nicht – trotz monatelanger Top 10-Chartsplatzierungen und hunderttausender restlos begeisterter Konzertbesucher. Alleine im Jahr 2012 erlebten 206 000 Zuschauer die Band live im Konzert! Mit anderen Worten: Die WISE GUYS sind der wohl populärste Geheimtipp Deutschlands und seine „erfolgreichste unbekannte Band".

7

wise guys

Die Besetzung: Edzard „Eddi" Hüneke, Daniel „Dän" Dickopf, Marc „Sari" Sahr (alle drei Bariton), Andrea Figallo (Bass) und Nils Olfert (Tenor); zu Veränderungen in der Band-Besetzung siehe *Blick zurück – Ehemalige*. Die Kompositionen, Texte und Arrangements der WISE GUYS stammen größtenteils aus der Feder von Daniel Dickopf, ein kleinerer Teil wird von Edzard Hüneke beigesteuert. Aber auch von Nils Olfert, der bereits einige Arrangements geschrieben hat, sowie vom „neuen Mann" Andrea Figallo darf sich die Band für die Zukunft kompositorischen Input erhoffen.

Geschichte

Die Urbesetzung der WISE GUYS besuchte dieselbe Schulklasse des Hildegard-von-Bingen-Gymnasiums in Köln. Neben Eddi, Dän und Sari zählten damals Christoph Tettinger und Clemens Tewinkel zur Gruppe. Eine von Eddi 1985 gegründete Bläsergruppe mutierte bald zur Schüler-Rockband, die kleine Konzerte in der Schule veranstaltete und auf Schulmusikabenden auftrat. In der Oberstufe nahm die Band spaßeshalber reine Gesangsstücke in ihr Programm auf. Die Resonanz des Publikums auf den damals noch sehr ungewöhnlichen Umstand, dass hier fünf junge Männer ohne Instrumentalbegleitung sangen, führte letztlich dazu, dass sich die Band immer mehr auf den Harmoniegesang spezialisierte und die Instrumente nach und nach wegließ. Mit dem Abitur 1990 gab sich die Gruppe den Namen „WISE GUYS" – übersetzt „die Besserwisser", ein Spitzname, der ihnen von manchen ihrer Lehrer verpasst worden war. Fünf Jahre betrieben sie den Gesang als intensives Hobby; mit Straßenmusik in der Kölner Altstadt sowie Auftritten bei Hochzeits-, Geburtstags- und Firmenfeiern wurde das Studium teilweise mitfinanziert. 1995 beschlossen die WISE GUYS, ihre musikalischen Aktivitäten zu intensivieren und ein abendfüllendes Programm auf die Beine zu stellen.

In den Jahren 1995 bis 1997 veranstalteten die WISE GUYS ihre ersten Konzerte – in Schulen und Gemeindesälen. Die Programmgestalter von Kleinkunstbühnen und Konzerthäusern in Köln und Umgebung

8

wurden auf die WISE GUYS aufmerksam. Zwei ausverkaufte Konzerte im Bonner Pantheon-Theater waren das Profi-Bühnendebüt der Band. Die Fangemeinde war allein durch Mundpropaganda bereits so angewachsen, dass sämtliche Konzerte der Gruppe im Raum Köln ausverkauft waren. Gastauftritte bei anderen Bands sowie Fernsehauftritte in der damals sehr erfolgreichen Fernsehshow „Geld oder Liebe" trugen 1996 und 1997 weiter zur Bekanntheit der Band bei. Ein erster Plattenvertrag bei der EMI Electrola folgte, das Album „Alles im grünen Bereich" verfehlte jedoch die deutschen Albumcharts. Mit dem Jahr 1997 waren die fünf Sänger jedoch bereits in der Lage, sich allein durch die Musik zu finanzieren. Teilweise gingen die Sänger ihrem Studium weiter nach, manche konzentrierten sich allein auf die musikalische Karriere, mit der auch der Organisationsaufwand größer wurde. Mittlerweile gibt es das „WISE-GUYS-Büro" in Köln, das Ansprechpartner für Konzerte und Pressetermine ist.

wise guys

Andrea, Dän, Eddi, Nils und Sari – die fünf Sänger

Andrea Figallo

* 11. 2. 1972 in Gorizia, Italien

Andrea

Andrea ist seit 2013 bei den WISE GUYS und löste Ferenc als Bass ab. Nun groovt der Italiener, der in Bologna Musik und Theater studiert hat, bei den WISE GUYS. Er hat in elf Jahren bei den „Flying Pickets" internationale Erfahrung gesammelt. Auch in Sachen Familie ist er der „Multi-Kulti-Män": Andrea hat nach eigenen Angaben „eine Frau in Köln, zwei Eltern in Italien, eine Schwester in Cork, und zwei Schwiegereltern in Kyoto". Das muss ihm erst mal einer nachmachen.

Seine Hobbies sind Musik, Filme und Golf. In Letzterem kann er sich künftig an freien Tagen auf Tour mit dem Toningenieur und dem Tourmanager messen. Fußball hingegen ist Andrea völlig egal. Andrea wohnt nun, wie seine Kollegen, in Köln. Dort verbessert er von Tag zu Tag seine Deutschkenntnisse. Von den WISE-GUYS-Fans ist Andrea bei seinen ersten Auftritten herzlich begrüßt worden.

Daniel Dickopf (Dän)

* 27. 10. 1970 in der Nähe von Köln

Dän

Dän haut gerne in die Saiten, spielte früher Cello und E-Bass und heute noch Gitarre. Meist komponiert und textet er aber lieber Songs für die WISE GUYS. Seine Stimmlage ist Bariton, und mit Vocal-Percussion sorgt er für den Beat der Lieder. Dän wird häufig als „Kopf" der Band bezeichnet – während der

10

Konzerte übernimmt er die Rolle des Moderators. Seine Freizeit widmet er dem Fußball, wobei seine spielerischen Fähigkeiten im Laienbereich mit denen des 1.FC Köln im Profifußball durchaus vergleichbar sind. Daher vielleicht die große Verbundenheit. Zusammen mit Eddi hat Dän eine CD mit A-cappella-Liedern für Kinder aufgenommen und veröffentlicht. Mittlerweile schreibt und textet er auch für andere Künstler: Jördis Tielsch wird von ihm unterstützt. Die junge Musikerin hat mit ihrer Band auch Gastauftritte bei den Konzerten der WISE GUYS.

Dän hatte begonnen, Deutsch und Englisch zu studieren, hat sich dann aber der musikalischen Karriere gewidmet. Er lebt mit seiner Frau und seinen beiden Söhnen in Hürth bei Köln.

Edzard Hüneke (Eddi)

* 23. 2. 1971 in London

Eddi verbrachte seine ersten Lebensjahre in London, bevor seine Familie nach Deutschland zog. Als Sohn eines Pfarrers kam er früh mit Musik in Kontakt. Seine Posaunen-, Klavier-, und Gitarrenkünste hat er jedoch nach eigener Aussage wieder verlernt. Bei den WISE GUYS schreibt Eddi ebenfalls einen Teil der Songs und bewegt sich auf der Bühne ebenso gern und ausgiebig wie unkonventionell.

Eddi

Sein begonnenes Studium der evangelischen Theologie auf Pfarramt hat er bisher nicht abgeschlossen. Dafür hat er ein Buch veröffentlicht: „Jetzt ist Deine Zeit" ist eine Mischung aus Biografie und Ratgeberliteratur, in der Eddi seine spirituellen Tipps „zum Leben genießen" mit seinen Lesern teilt.

Eddi ist verheiratet, Vater von vier Kindern und lebt mit seiner Familie in Hürth bei Köln.

Nils Olfert

* 16. 10. 1976 in Heide (bei Kiel)

Seine musikalische Entwicklung startete Nils im Kieler Knabenchor. Doch er schlug eine andere musikalische Richtung ein und finanzierte sich das Biologiestudium als Frontmann der Covergruppe „Tiffany". 2008 gewann Nils das WISE-GUYS-Casting, bei dem ein Nachfolger für Clemens gesucht wurde.

Nils

In Interviews betonen die anderen WISE GUYS immer wieder, wie gut Nils in die Truppe passt. Das Nordlicht Nils wohnt mittlerweile, wie die anderen WISE GUYS, in Hürth bei Köln.

Marc Sahr (Sari)

* 7. 6. 1971 in Köln

In den Anfängen spielte Sari Schlagzeug in der WISE-GUYS-Band. Mittlerweile hat er aber längst keine Zeit mehr zum Üben. Er spielt ohnehin lieber Fußball. Auf der Bühne ist er zuständig für schnelle Songs mit viel Text und für außergewöhnliche Choreografien. Die Damenwelt liebt seinen Hüftschwung.

Sari

Als „Aggro Hürth" hat Sari zusammen mit Nils auf fast jedem Konzert einen besonderen Auftritt und rappt für die WISE-GUYS-Fans. Für die Band kontrolliert und regelt er mit großem Sachverstand die Finanzen. Wenn er nicht bei den WISE GUYS wäre, würde Sari nun wahrscheinlich Mathe und Physik unterrichten – er hat auf Lehramt studiert.

Mit seiner Familie wohnt Sari in Hürth bei Köln.

Blick zurück – Ehemalige

Schon zu Beginn der Band-Karriere, Mitte der 1990er Jahre, verließ Christoph Tettinger die Band, weil ihm der zeitliche Aufwand zu groß wurde. Er blieb ihr aber – zunächst als Manager, später als Berater – bis zum heutigen Tage geschäftlich und freundschaftlich verbunden. Aus insgesamt neun Bewerbern wählten die verbliebenen WISE GUYS Ferenc Husta zu seinem Nachfolger.

Ferenc Husta

Nach knapp vierzehn erfolgreichen Jahren in derselben Besetzung verließ Clemens Tewinkel Ende 2008 die WISE GUYS auf eigenen Wunsch, um einen bürgerlichen Beruf zu ergreifen. Über 335 Sänger bewarben sich auf seine Nachfolge. Nils Olfert aus Kiel erhielt nach intensivem Auditioning den Zuschlag und ist seit Januar 2009 als Tenor bei den WISE GUYS. Ferenc Husta stieg Ende des Jahres 2012 aus, Andrea Figallo übernahm die Nachfolge. Mit Eddi, Sari und Dän besteht aber immer noch die „absolute Mehrheit" der Band aus den Gründungsmitgliedern der gemeinsamen Schulzeit – und das nach weit über 25 Jahren!

Live und ausverkauft – die wise guys
im Konzert

Das Open-Air-Konzert im Sommer 2001 im Kölner Tanzbrunnen bescherte den WISE GUYS mit 12 500 Zuschauern ihren ersten „Zuschauer-Guinnes-Weltrekord für A-cappella-Gruppen", viele weitere sollten folgen. Große und berühmte Konzertsäle in Deutschland meldeten bei Gastspielen der WISE GUYS regelmäßig: „Ausverkauftes Haus!" – etwas später gelang der Band dasselbe auch in Österreich und in der Schweiz, und daran hat sich bis heute nichts geändert.

> 65 000 Besucher beim Evangelischen Kirchentag 2013 in Hamburg – 13 000 Besucher beim Tanzbrunnen-Open-Air 2012 in Köln – 9 000 Besucher bei der Kieler Woche 2010

Regelmäßig und immer wieder stellen die WISE GUYS Besucherrekorde auf. Die Band begeistert mit ihrer Kombination aus Harmoniegesang und Mouth-Percussion und hinterlässt damit bei ihrem Publikum eine WISE-GUYS-Euphorie.

Auf Einladung des Goethe-Instituts tourten die WISE GUYS bereits zweimal in den USA und in Kanada und stehen auch regelmäßig in Deutschlands Nachbarländern auf der Bühne.

Besondere Konzertformate

Dass die WISE GUYS eine große Fan-Gemeinde und großen Erfolg haben, liegt wahrscheinlich auch an ihrem abwechslungsreichen Tour-Programm. Neben „normalen" Konzerten mit alten und neuen Liedern lassen sich die WISE GUYS Besonderes einfallen. Die **Totalnacht** ist mittlerweile eine Institution geworden, die die WISE GUYS eine „fleischgewordene Schnapsidee" nennen. Das Konzert beginnt um 19:00 Uhr, dann folgen fünf Konzertblöcke mit jeweils 14 Songs, unterbrochen von vier Pausen. Erst gegen 1:00 Uhr nachts ist Schluss. „Das Marathon-konzert ist nicht nur für uns und unsere Stimmbänder, sondern auch für das Publikum durchaus eine konditionelle Herausforderung", sagt Daniel Dickopf. Wie hält man das durch? „Üben, üben, üben", sagt Sari. Und Eddi erklärt: „Wir und auch das Publikum haben erfahrungs-gemäß ab elf Uhr ein Tief. Also packen wir da die Powernummern rein, damit wir nicht einschlafen – und das Publikum auch nicht!" Die WISE-GUYS-Totalnacht findet seit 1998 alle zwei Jahre statt, meist kurz vor oder kurz nach der Karnevalszeit. Der Kartenvorverkauf für die rund tausend Plätze in der Mülheimer Stadthalle in Köln dauert nur wenige Stunden. Die Ursprungsidee war, an einem Abend wirklich **alle** Lieder zu singen, die die WISE GUYS können. Damals waren das ungefähr 70 Songs. Obwohl das Repertoire seit dieser Zeit enorm angewachsen ist, haben die Sänger diese Zahl beibehalten. Die WISE GUYS fassen zusam-men: „Die Totalnacht ist ein Kultereignis. Man braucht gutes Sitzfleisch, stabile Handinnenseiten, Wachheit und Lust auf sechs Stunden WISE GUYS." Bei der Totalnacht verzichten die fünf Sänger, Techniker und das WISE-GUYS-Büro auf jegliches Honorar; der Reinerlös – bei der Total-nacht 2012 waren es 45 000 Euro – wird stets gespendet.

Die **Spezialnacht** dauert zwar nicht so lang wie die Totalnacht, ist für das Publikum aber ein ebensolches Highlight. In der außergewöhn-lichen Show animieren die WISE GUYS tausende frohgelaunte Kehlen zum Mitsingen. Zunächst bringen die fünf Vokal Pop-Sänger im ersten Teil ihr aktuelles Tourprogramm auf die Bühne – mit aufwendiger Lichtinszenierung, Kameracrew und großen Leinwänden. Nach einer kurzen Pause beginnt dann die Mitsingnacht: Die WISE GUYS singen die beliebtesten Songs. Auf den Leinwänden laufen die Lieder im Karaoke-Modus: mit Texten und Noten. Eddi: „Die Stimmung ist einfach der Hammer! Es ist irre, zu sehen, wie textsicher unsere Fans sind: Das Publikum hat uns schon über Texthänger hinweggeholfen."

Großveranstaltungen, auf denen die WISE GUYS bereits als „Stammgäs-te" auftreten, sind die evangelischen, katholischen und ökumenischen **Kirchentage**. Im Jahr 2009 lieferte die Band sogar den offiziellen Song

zum Deutschen Evangelischen Kirchentag in Bremen: „Mensch, wo bist Du?"

Von 2011 bis 2012 gingen die WISE GUYS auf **Wunschtour**. Fast 30 000 Fans stimmten über das Programm ab. „Wir haben die Stimmen ausgewertet und daraufhin das Programm für die Wunschtour einstudiert", so Dän.

2012 kehrten die WISE GUYS zu ihren Wurzeln zurück. Im Rahmen der **Kirchentour** spielten sie vor einem kleinen Publikum – nah dran, spontan, ohne den Einsatz großer Technik. „Es war eine großartige Tour. Die Konzerte waren für das Publikum und für uns ein Riesen-Genuss. Wir spielten überwiegend ruhigere Songs, ließen das Mundschlagzeug und die Choreografien weitgehend weg und genossen die Akustik und das ganz entspannte gemeinsame Singen", begeistert sich Dän.

Leise und bedächtig geht es auch beim Programm **Lauter leise Lieder** zu. „Wir möchten versuchen, an diesen Abenden ein Programm mit geringerem Party- und größerem Zuhör-Faktor anzubieten", sagt Dän Dickopf. Das Konzept sieht dabei aber nicht nur traurige, langsame Lieder vor. „Lediglich auf die richtigen „Bumm-bumm-Nummern" wird verzichtet." Diese „Zuhörkonzerte" – überwiegend in Konzerthäusern wie in Dortmund, Freiburg oder der Kölner Philharmonie – stellen damit einen Kontrast zu den inzwischen schon berühmt-berüchtigten „Stehkonzerten" der Band dar, bei denen stets eine dermaßen euphorische und „laute" Stimmung aufkommt, dass das Ganze nicht mehr viel zu tun hat mit dem, was sich viele wohl auch heute noch unter einem A-cappella-Konzert vorstellen.

Nah dran – Kontaktpflege mit den Fans

Häufig werden die WISE GUYS als „auf dem Boden geblieben" beschrieben, was mit Sicherheit auch an der Nähe zu ihren Fans liegt. Der enge Kontakt zu den Fans besteht natürlich vor allem dann, wenn die Band live spielt. Bei Konzertformaten wie der Spezialnacht stehen die Lieblingslieder der Fans und die Möglichkeit mitzusingen im Vordergrund. Manchmal werden sie auch anders in die Show eingebunden: Im Internet veröffentlichen die WISE GUYS ein Video, auf dem ihre Choreografen einen Tanz zeigen, den man zu einem bestimmten Lied bei einem Stehkonzert mittanzen und schon vorher üben kann.

Aber auch nach dem Konzert zeigen sich die WISE GUYS persönlich: Seit sie in den 1990er-Jahren begonnen haben, regelmäßig Konzerte zu geben, pflegen die WISE GUYS die Tradition des Afterglows. Das Wort bedeutet „Nachglühen" und heißt in ihrem Fall, dass sie nach einem Konzert zu den noch verbliebenen Zuschauern ins Foyer kommen. Früher war es immer eine sehr überschaubare Anzahl von Menschen, die dort auf die Band wartete. Dadurch ergaben sich manchmal nette, gemütliche Plaudereien. Das kommt heute zwar auch noch vor, ist aber sehr selten geworden. Jetzt sind oft noch hunderte Fans da, die Autogramme wollen oder andere Wünsche haben. Das ist manchmal ganz schön anstrengend nach einer Show, „aber irgendwie ist es auch eine Tradition und sozusagen ein Teil von uns", so die WISE GUYS. Manchmal kommt es auch vor, dass im Afterglow noch eine weitere Zugabe gegeben wird – natürlich „unplugged". Wenn beim Afterglow andere Gesangsgruppen oder Chöre Lust haben, selbst noch ein Lied zu singen, können sie das nach Rücksprache mit den Künstlern auch gerne tun.

Eine wichtige Rolle bei der Kontaktpflege spielt die Homepage der WISE GUYS. Sie wird ständig aktualisiert, sodass die Fans immer auf dem neuesten Stand sind. Neben ausführlichen Informationen über die Band gibt es dort auch sehr viele Fotos zu sehen. In ihren Fotostories dokumentieren die WISE GUYS ihre Erlebnisse auf Tour, im Studio oder

Die wise guys 2013

bei anderen Aktionen. Diese Foto-Blogs, genauso wie die regelmäßig veröffentlichten Video-Blogs, geben oft auch sehr persönliche Einblicke in das Bandleben der WISE GUYS. Darüber hinaus hat jeder einzelne Sänger noch einen eigenen Blog, in dem er eigene Nachrichten an die Fans richtet. Neuigkeiten werden zudem über Twitter und Facebook verbreitet. Dabei sind es immer die Bandmitglieder selbst, die sich an die Fans wenden, genauso wenn sie auf E-Mails an ihre eigene Mailadresse antworten.

Aber nicht nur auf elektronischem Wege werden die Fans informiert. Zweimal jährlich erscheint das WISE GUYS Magazin, das auf der Homepage bestellt werden kann und dann kostenlos nach Hause geschickt wird. Und auch in diesem Heft können Fans und Interessierte nachlesen, welche Projekte und Touren anstehen, welche Pläne die Band hat und was in den letzten Monaten los war.

Doch die Fans werden nicht nur informiert und können mit den Bandmitgliedern in Kontakt treten, sie können sogar selbst tätig werden. Die WISE GUYS sind von Zeit zu Zeit auf der Suche nach PR-Scouts, das heißt nach Studierenden, die für ein Konzert der WISE GUYS an ihren Universitäten werben, indem sie Plakate kleben oder Flyer verteilen, um das Event noch bekannter zu machen.

Diskografie

1997
Alles im grünen Bereich

1999
Skandal

2000
Live

2001
ganz weit vorne

2003
Klartext

2004
Wo der Pfeffer wächst

2006
Radio

2008
frei!

2010
klassenfahrt

2012
Zwei Welten

Köln ist einfach korrekt

In Berlin kann man kulturell sehr viel erleben,
und in München soll's ein super-schrilles Nachtleben geben.
Hamburg ist die einzig wahre Metropole,
und das Ruhrgebiet hat viel mehr drauf als Fußball und Kohle.

Steuern hinterzieh'n kann man am besten in Baden,
im Allgäu kriegt der Wandervogel strammere Waden.
Auf Sylt riecht die Nase frische Meeresluft,
in Frankfurt Börsenduft.

Es gibt vieles, was ich gerne mag
in ander'n Städten und Ländern.
Bis zum heutigen Tag
konnt ich's trotzdem nicht ändern:
Ich fühl' mich hier wohl
trotz KVB und FC,
trotz Geklüngel und Filz:
Kölsch ist besser als Pils!
Ich kann's nicht beschreiben,
doch ich werd' wohl hier bleiben,
egal, ob's dir schmeckt:
Köln ist einfach korrekt!

Hier in Köln ist das Wetter eher wolkig als heiter.
Der FC kommt seit Jahren sportlich keinen Schritt weiter.
Der Rhein schaut im Winter in der Altstadt vorbei,
zwei Mark vierzig kostet jetzt ein Gläschen nullkommazwei!

Einmal jährlich werden Spießer plötzlich Stimmungskanonen.
Wer den kölschen Klüngel kennt, kann sich mit Aktien belohnen.
Herr Antwerpes wollte, daß wir alle 30 fahr'n
— auf der Autobahn!

20

Es gibt vieles, was ich lieber mag
in ander'n Städten und Ländern.
Bis zum heutigen Tag
konnt ich's trotzdem nicht ändern:
Ich fühl' mich hier wohl
trotz KVB und FC,
trotz Geklüngel und Filz:
Kölsch ist besser als Pils!
Es ist nicht dasselbe
wie an Isar und Elbe:
Köln ist nicht perfekt:
Köln ist einfach korrekt!

CD: Alles im grünen Bereich, EMI, 1997 ·
Text und Musik: Daniel Dickopf · 2'46 Min.

21

Stolz

Ich bin stolz, wenn ich es schaffe, das Rauchen aufzugeben,
'nen Marathon zu laufen und den Lauf zu überleben,
den Geburtstag meiner Oma nicht schon wieder zu verpennen,
und 'n Lied zu schreiben, das so klingt wie McCartney und John Lennon.
Ich bin stolz, wenn ich was koche, und sei's nur Bolognese,
wenn ich mal wieder 'n gutes Buch durchlese,
wenn 'ne schöne Frau sagt: „Ich will 'n Kind von dir!"
Das ist nicht oft passiert. Jedenfalls nicht mir.

Doch ob ich stolz bin, ein Deutscher zu sein?
Ich weiß nicht mal, was so 'ne Frage soll!
Es will beim besten Willen in meinen Kopf nicht rein,
stolz auf einen Zufall zu sein.

Ich bin stolz, wenn ich es schaffe, nicht zu spät ins Bett zu geh'n,
und wenn ich's morgens hinkrieg', halbwegs pünktlich aufzusteh'n,
wenn ich den Alltag mal wieder sinnvoll nutze,
die Wohnung grundsaniere und das Badezimmer putze.
Ich bin stolz, wenn der FC gewinnt – weiß selber nicht, warum –
hab da ja nicht mitgespielt, das wär auch ziemlich dumm.
Ich bin stolz auf meine Freunde, und es macht mich froh,
wenn irgendjemand zu mir sagt: „Hey, Alter – 'ne geile Show!"

Doch ob ich stolz bin, ein Deutscher zu sein?
Ich weiß nicht mal, was so 'ne Frage soll!
Es will beim besten Willen in meinen Kopf nicht rein,
stolz auf einen Zufall zu sein.

Nationalgelalle in Schwarz, Rot und Gold?
Ich hab keine Ahnung, was ihr von mir wollt!

Doch ob ich stolz bin, ein Deutscher zu sein?
Ich weiß nicht mal, was so 'ne Frage soll!
Es will beim besten Willen in meinen Kopf nicht rein,
stolz auf einen Zufall zu sein.

CD: Ganz weit vorne, Pavement Records,
2001 · Text: Daniel Dickopf · Musik: Peter
Brings · 2'44 Min.

wise
guys

Jetzt ist Sommer

Sonnenbrille auf und ab ins Café,
wo ich die schönen Frau'n auf der Straße seh'.
Dann 'n Sprung mitten rein in den kalten Pool
und 'n Caipirinha – ziemlich cool!
Sonnenmilch drauf und ab zur Liegewiese,
wo ich für mich und Lisa eine Liege lease.
Wir lassen uns gehn und wir lassen uns braten –
alles And're kann 'ne Weile warten…
Und wenn nix draus wird wegen sieben Grad,
dann kippen wir zu Haus' zwei Säcke Sand ins Bad.
Im Radio spielen sie den Sommerhit –
wir singen in der Badewanne mit:

    Jetzt ist Sommer!
    Egal, ob man schwitzt oder friert:
    Sommer ist, was in deinem Kopf passiert.
    Es ist Sommer!
    Ich hab das klar gemacht:
    Sommer ist, wenn man trotzdem lacht.

Sonnendach auf und ab ins Cabrio,
doch ich hab keins, und das ist in Ordnung so,
weil der Spaß daran dir schnell vergeht,
wenn's den ganzen Sommer nur in der Garage steht.
Manchmal, wenn ich das Wetter seh',
krieg ich Gewaltfantasien, und die Wetterfee
wär' das erste Opfer meiner Aggression,
obwohl ich weiß: Was bringt das schon,
wenn man sie beim Wort nimmt und sie zwingt,
dass sie im Bikini in die Nordsee springt?
Ich mach' mir lieber meine eig'ne Wetterlage,
wenn ich mir immer wieder sage:

24

Jetzt ist Sommer!
...

Ich bin sauer, wenn mir irgendwer mein Fahrrad klaut.
Ich bin sauer, wenn mir einer auf die Fresse haut.
Ich bin sauer, wenn ein And'rer meine Traumfrau kriegt
und am Pool mit dieser Frau auf meinem Handtuch liegt.

Doch sonst nehm' ich alles ziemlich locker hin,
weil ich mental ein absoluter Zocker bin:
Ich drücke einfach auf den kleinen grünen Knopf
und die Sonne geht an in meinem Kopf:

Jetzt ist Sommer!
...

Ab ins Gummiboot –
der Winter hat ab sofort Hausverbot!
Scheiß auf's Wetter, egal ob man friert:
Sommer ist, was in deinem Kopf passiert.

Es ist Sommer!
Ich hab das klar gemacht:
Sommer ist, wenn man trotzdem lacht.

CD: *Ganz weit vorne, Pavement Records,
2001 · Text und Musik: Daniel Dickopf ·
Arrangement: Edzard Hüneke · 3'03 Min.*

Chocolate Chip Cookies

In die erste Schüssel Zucker, zweihundertachtzig Gramm,
und Zuckerrübensirup (wenn wir so was ham).
Davon nehm ich vierzig Gramm und mixe geschwind,
so lang, bis keine Klümpchen mehr vorhanden sind.
Dazu zweihundert Gramm weiche Margarine
und zwei frische Eier. Dann dieselbe Schiene:
Wieder alles gut verrühr'n, denn das ist der Schlüssel
zum Erfolg. Und jetzt brauch ich noch 'ne Schüssel.

Vierhundert Gramm Mehl, jeweils einen Teelöffel Natron
und einen Vanillepulver ungesüßt, ich glaub', das war's schon.
Ach nee, 'nen halben Teelöffel Salz, jetzt fällt's mir ein!
Das Ganze gut vermischt in die erste Schüssel rein,
und nochmal rühr'n, doch nur kurz, denn es wär' schade,
wenn die Kekse zäh würden. Jetzt ist die Schokolade,
dreihundert Gramm, in kleinen Stücken unter den Teig zu heben.
Den Teig in einen luftdichten Behälter geben.

> Chocolate Chip Cookies
> Ich backe Chocolate Chip Cookies
> und meinen Chocolate Chip Cookies
> kann keine widersteh'n
> (du wirst schon seh'n).

Den Teig vierundzwanzig Stunden in den Kühlschrank stellen,
dann ham die Kekse Biss, und wer Biss hat, muss nicht bellen.
Jetzt mach ich mir nen netten Tag und ne schöne Nacht,
und morgen wird das Werk vollbracht:
Den Backofen heizen auf hundertachtzig Grad
Backpapier aufs Blech, dann mach ich den Teig parat:
In fünfzig kleinen Kugeln aufs Backblech drauf,
Abstand halten, denn die Dinger geh'n auf!

Dann auf der mittleren Schiene 'ne Viertelstunde backen,
Zeit genug zum Spül'n und um die Schüsseln wegzupacken.
Ofen aus, Klappe auf. Das Schönste, was es gibt:
Die Sekunde der Vollendung, die jeder Künstler liebt.
Und habe ich mal Pech und seh' ein paar Verbrannte,
bin ich ein braver Neffe und schicke sie der Tante.
Die guten Kekse soll mein Schatz probier'n,
P.S.: Die Zutaten kann man lustig variier'n …

Chocolate Chip Cookies
…

CD: Klartext, Pavement Records, 2003 ·
Text: Daniel Dickopf · Musik: Daniel
Dickopf/Edzard Hüneke · 3'32 Min.

27

Denglisch

Oh Herr, bitte gib mir meine Sprache zurück,
ich sehne mich nach Frieden und 'nem kleinen Stückchen Glück.
Lass uns noch ein Wort versteh'n in dieser schweren Zeit,
öffne uns're Herzen, mach' die Hirne weit.

Ich bin zum Bahnhof gerannt und war a little bit too late:
Auf meiner neuen Swatch war's schon kurz vor after eight.
Ich suchte die Toilette, doch ich fand nur ein „McClean",
ich brauchte noch Connection und ein Ticket nach Berlin.
Draußen saßen Kids und hatten Fun mit einem Joint.
Ich suchte eine Auskunft, doch es gab nur 'n Service Point.
Mein Zug war leider abgefahr'n – das Traveln konnt' ich knicken.
Da wollt' ich Hähnchen essen, doch man gab mir nur McChicken.

Oh Herr, bitte gib mir meine Sprache zurück,
ich sehne mich nach Frieden und 'nem kleinen Stückchen Glück.
Lass uns noch ein Wort versteh'n in dieser schweren Zeit,
öffne uns're Herzen, mach' die Hirne weit.

Du versuchst, mich upzudaten, doch mein Feedback turned dich ab.
Du sagst, dass ich ein Wellness-Weekend dringend nötig hab'.
Du sagst, ich käm' mit Good Vibrations wieder in den Flow.
Du sagst, ich brauche Energy. Und ich denk: „Das sagst du so …"
Statt Nachrichten bekomme ich den Infotainment-Flash.
Ich sehne mich nach Bargeld, doch man gibt mir nicht mal Cash.
Ich fühl' mich beim Communicating unsicher wie nie –
da nützt mir auch kein Bodyguard. Ich brauch' Security!

Oh Lord, bitte gib mir meine Language zurück,
ich sehne mich nach Peace und einem kleinen Stückchen Glück.
Lass uns noch ein Wort verstehn in dieser schweren Zeit,
öffne uns're Herzen, mach' die Hirne weit.

28

Ich will, dass beim Coffee-Shop „Kaffeehaus" oben draufsteht,
oder dass beim Auto-Crash die „Lufttasche" aufgeht,
und schön wär's, wenn wir Bodybuilder „Muskel-Mäster" nennen
und wenn nur noch „Nordisch-Geher" durch die Landschaft rennen ...

Oh Lord, please help, denn meine Language macht mir Stress,
ich sehne mich nach Peace und a bit of Happiness.
Hilf uns, dass wir understand in dieser schweren Zeit,
open uns're Hearts und make die Hirne weit.

Oh Lord, please gib mir meine Language back,
ich krieg' hier bald die crisis, man, it has doch keinen Zweck.
Let us noch a word versteh'n, it goes me on the Geist,
und gib, dass „Microsoft" bald wieder „Kleinweich" heißt.

CD: Radio, Pavement Records, 2006 ·
Musik, Text und Arrangement: Daniel
Dickopf · 3'00 Min.

29

Relativ

Ich bin relativ groß – verglichen mit 'nem Kieselstein,
aber neben einem Felsen bin ich relativ klein.
Ich bin relativ klug – im Vergleich zu Heidi Klum,
doch im Vergleich zu Stephen Hawking bin ich relativ dumm.
Ich bin relativ sachlich – verglichen mit der BILD,
und relativ emotional – verglichen mit 'nem Vorfahrtsschild.
Du fragst mich relativ oft, was ich genau für dich empfinde.
Ist doch relativ klar, dass ich mich da ein bisschen winde.
Ich finde diese Frage echt gefährlich,
denn dummerweise bin ich ziemlich ehrlich.

Ich hab dich relativ gern. Ich hab dich relativ gern.
Vielleicht sogar ein bisschen mehr: Ich mag dich relativ sehr.
So im Vergleich an-und-für-sich, find ich dich so eigentlich …

… relativ nett. Du bist netter als mein Nachbar.
Und ich nehme an, im Bett wär mit dir relativ viel machbar.
Mich mit dir zu unterhalten, find ich relativ spannend,
ich ging relativ gern mal einfach mit Dir Hand-in-Hand.
Es ist relativ gigantisch, wie du manchmal strahlen kannst,
mir wird relativ heiß, wenn ich sehe wie du tanzt.
Es wär' relativ romantisch, mal mit Dir am Meer zu sein,
und am besten wär'n wir beide da dann relativ allein.
Ich hoff, ich setz' mich grad nicht zwischen alle Stühle –
ich bin ein Mann und red halt nie über Gefühle …

Ich hab dich relativ gern …
… ja okay, schon gut: Ich liebe dich.

30

CD: Frei!, Pavement Records, 2008 ·
Text und Musik: Daniel Dickopf · 2'12 Min.

31

Am Anfang

Am Anfang eines Jahres sagt man „frohes neues Jahr!"
Am Anfang einer Glatze steht ein ausgefall'nes Haar.
Am Anfang der WM da liegt im Anstoßkreis ein Ball.
Der Anfang eines Babybooms ist die Nacht mit Stromausfall.
Bevor ein Haus zusammenstürzt, gibt es einen kleinen Riss.
Am Anfang einer Tollwut gibt's 'nen kleinen Hundebiss.
Am Anfang gab's den Urknall, dann erst war die Erde da.
Das glaubt man überall – außer in Amerika.
Alles braucht 'nen Anfang, bevor es dann geschieht.
Wir fünf fang'n dann jetzt auch mal an mit diesem kleinen Lied:

> Ja, wir sind wieder da,
> jetzt geht's endlich los,
> die Spannung ist groß – wo geht die Reise hin?
> Ja, wir ham uns schon lang
> drauf gefreut, anzufang'n.
> Mikros an, Vorhang auf zum Neubeginn.

Die fiebrige Erkältung beginnt mit einem kleinen Keim
und diese zweite Strophe beginnt mit einem feinen Reim.
Die Milliarden von Abramowitsch fingen an mit 'ner Kopeke.
Am Anfang jeder Tour de France ging der Jan zur Apotheke.
Den schiefen Turm von Pisa begann ein schlechter Architekt.
Am Anfang der durchzechten Nacht gibt's „nur ein Schlückchen" Sekt.
Womit fing's an: Ei oder Huhn? Das weiß man nicht genau.
Doch des Mannes Sündenfall begann natürlich mit 'ner Frau.
Alles, was ein Ende hat, hat mal irgendwie begonnen.
Wer vernünftig anfängt, hat schon mehr als halb gewonnen.

> Ja, wir sind wieder da ...

Mit allem was die Stimme kann, von Flüstern bis Geschrei,
legen wir jetzt richtig los. Seid ihr mit dabei???

Ja, wir sind wieder da …

*CD: Frei!, Pavement Records, 2008 · Musik:
Daniel Dickopf, Edzard Hüneke, Erik Sohn ·
Text: Daniel Dickopf · 3'39 Min.*

33

Es ist nicht immer leicht

Ich wäre gern viel größer. Ich hätte gerne mehr Geld.
Ich würde gern mehr reisen, am liebsten um die ganze Welt.
Ich hätte gerne blaue Augen und etwas mehr Gelassenheit.
Ich würd gern Menschenleben retten. Ich hätte gern mehr Zeit.

> Es ist nicht immer leicht, ich zu sein.
> Es ist nicht immer leicht, ich zu sein.
> Es ist nicht immer leicht, ich zu sein.
> Manchmal ist es sogar sauschwer.
> Es ist nicht immer leicht, ich zu sein.
> Es ist nicht immer leicht, ich zu sein.
> Es ist nicht immer leicht, ich zu sein.
> Manchmal wär ich lieber sonstwer.

Ich hätte gern blonde Haare. Ich wäre gern topfit.
Ich wäre gern viel schöner. Ich wäre gern Brad Pitt.
Dann hätt' ich Kohle ohne Ende, 'n Riesen-Haus am Strand
auf einem herrlichen Gelände und teure Bilder an der Wand.

Dann läg ich abends um sieben noch in der Sonne am Pool.
Und alle würden mich lieben. Ich wäre einfach saucool.
Ich hätte fünfundzwanzig Diener und ein riesengroßes Bett,
und darin läg die Angelina. Das wär doch irgendwie nett!

> Es ist nicht immer leicht, ich zu sein …
> … manchmal wär ich lieber Brad Pitt …
> … doch für Brad ist das Leben echt 'n Hit.

Aber lauter Paparazzi machen sich an Angelina ran,
und ganz bestimmt hat sie zu Haus allein die Hosen an.
Der arme Brad muss parieren, während Angelina lenkt,
muss dauernd Kinder adoptieren ...
ich bin sicher, dass auch er oft denkt:

> It isn't always easy being me ...
> ... sometimes it's almost like a nightmare.
> It isn't always easy being me ...
> ... sometimes ich wäre rather sonstwer.
> Es ist nicht immer leicht, ich zu sein ...

CD: Frei!, Pavement Records, 2008 ·
Musik und Text: Daniel Dickopf · 3'17 Min.

35

Meine Deutschlehrerin

Denk ich an damals zurück, bin ich noch immer völlig hin,
dann merke ich, dass ich auch heute noch verliebt in sie bin.
Sie war 'ne wunderbare Frau mit schulterlangem, blondem Haar.
Sie war die Frau, die wo für mich die allereinzigste war.
Sie war für mich von Anfang an so wundervoll gewesen.
Sie lehrte mir das Schreiben und sie lehrte mir das Lesen.
Ihre Haut weicher wie Samt, und sie war 'ne richtig Schlanke.
Nein, ich werde nie vergessen, was ich sie verdanke.

Ich liebe ihr noch immer, sie raubt mich heute noch den Sinn:
Meine Deutschlehrerin.

Ich mache nie Prognosen und werd's auch künftig niemals tun,
doch ich habe mir geschwört: Ich werd' nicht eher ruh'n
als bis wenn ich sie mal endlich meine Liebe gesteh',
weil ich durch das, was sie mich lernte, die Welt viel klarer seh'.
Sie war so gebildert, sie war so unglaublich schlau
weil sie wusste wirklich alles von Betonung und Satzbau.
Sie war 'ne Frau, die wo so unbeschreiblich viele Dinge
wusste, dass ich ihr als Dank dafür den Liebeslied hier singe.

Ich liebe ihr noch immer ...

Sie war die erste große Liebe, die Liebe meine Lebens.
Doch ich kam zu spät, sie war leider schon vergebens.
Eines Tages ist sie mit dem Mathelehrer durchgebrannt.
Diesen Typen hasse ich dafür zu hundertzehn Prozent!

Aber ihr lieb ich noch immer ...

36

*CD: Frei!, Pavement Records, 2008 · Musik
und Text: Daniel Dickopf · 3´11 Min.*

wise guys

Du bist dran

Du, ich glaub, wir müssen reden. So kann's nicht weitergeh'n.
Ich kann das nicht mehr jeden Tag auf's Neue überseh'n.
Ich hab viel zu lang geschwiegen, da hat sich was angestaut.
Das blieb zu lange liegen, ich sag's jetzt, sonst werd ich laut:

> Du bist dran mit Spülen, du bist einfach dran.
> Du bist dran mit Spülen, also halt dich bitte ran.
> Ja, du bist dran mit Spülen, du bist einfach dran.
> Du bist dran mit Spülen, also halt dich bitte ran!

Wo wir grad dabei sind, nimm mir das nicht krumm,
aber deine Socken liegen überall rum.
Räum deine Klamotten doch mal selber auf,
und du darfst auch mal spülen, kommst du da nicht selber drauf?

> Du bist dran mit Spülen und Aufräum'n wär' nicht schlecht.
> Du bist dran mit Spülen, du bist dran, nee, echt.
> Ja, du bist dran mit Spülen, du bist einfach dran.
> Du bist dran mit Spülen, also halt dich bitte ran!

Hör mal, unsre Blumen trocknen vor sich hin.
Glaubst du, dass ich alleine dafür zuständig bin?
Blumen brauchen Liebe. Dir fehlt der grüne Daum'n,
und dass du auch nur einmal gespült hast, glaub ich kaum!

> Du bist dran mit Spülen und Aufräum'n wär' nicht schlecht,
> und gieß doch mal die Blumen, du bist dran, nee, echt.
> Du bist dran mit Spülen, du bist einfach dran.
> Du bist dran mit Spülen, also halt dich bitte ran!

Du könntest auch mal kochen, ich mach damit Schluss.
Was hab' ich verbrochen, dass ich das andauernd machen muss?
Mach du doch mal das Essen! Ich habe das Gefühl,
dass du einfach dran bist. Und mach danach den Spül!

> Du bist dran mit Spülen und Aufräum'n wär' nicht schlecht.
> Und gieß doch mal die Blumen und Kochen wär' uns recht.
> Du bist dran mit Spülen, du bist einfach dran.
> Du bist dran mit Spülen, also halt dich bitte ran!

Ich hab 'ne Menge Klagen über dich gehört.
Ich will nix dazu sagen. Mich hat das nie gestört.
Die sagen, du bist faul. Um die Gemüter abzukühl'n
finde ich, du solltest langsam echt mal wieder spül'n!

CD: Wo der Pfeffer wächst, Pavement Records, 2004 · Musik und Text: Daniel Dickopf · Arrangement: Erik Sohn · 3'13 Min.

wise guys

Danksagung

Seit 2001 habe ich auf zahlreichen Tagungen, Wochenend- und Sommerseminaren des Goethe-Instituts und des amerikanischen Deutschlehrerverbands (AATG) Unterrichtsprojekte zu den Liedern der WISE GUYS vorgestellt. Dieses Buch wäre aber ohne die Hilfe und Unterstützung vieler Menschen nicht zustande gekommen.

Danken möchte ich vor allem meinen jetzigen und ehemaligen Studentinnen und Studenten am McDaniel College den zahlreichen Kolleginnen und Kollegen aus aller Welt, die an meinen Workshops teilnahmen. Dem Faculty Development Committee des McDaniel College danke ich für die finanzielle Unterstützung in den letzten Jahren, die es mir ermöglichte, auf nationalen und internationalen Tagungen meine Unterrichtskonzepte vorzustellen.

Mein besonderer Dank gilt Frau Helga Holtkamp von den Cornelsen Schulverlagen sowie meinen Kolleginnen Ingrid Zeller von der Northwestern University und Mary Upman vom McDaniel College, die verschiedene Korrekturen und Verbesserungen vorgeschlagen haben. Andrea Shalal-Esa und meinen beiden Söhnen, Gibran und Anour, danke ich für die langjährige Unterstützung und unermüdliche Ermutigung.

Meinen Freunden von den WISE GUYS, vor allem Dän, Eddi und Sari, bin ich zu großem Dank verpflichtet. Ihre Lieder bereichern den Deutschunterricht in vielen Ländern, weil sie den Lernerinnen und Lernern viel Freude bereiten. WISE GUYS, eure Lieder sind einfach spitze!

Quellenverzeichnis

S. 3: © McDaniel College
S. 1/6/10/11/12/13/14/16/19/20: © wise guys, Guido Kollmeier

Illustration: © Michael Vogt, mit freundlicher Genehmigung von Universal Music GmbH

Die Informationen rund um die Band basieren zum Teil auf der Homepage der Band WISE GUYS: www.wiseguys.de.

40